QILINN

15-27 rue Moussorgski
75895 Paris cedex 18
www.facebook.fr/livresLEGO

Éditrice Emma Grange
Concepteur graphique Jon Hall
Pré-productrice en chef Jennifer Murray
Productrice Louise Minihane
Responsable éditoriale Elizabeth Dowsett
Respondable graphique Ron Stobbart
Responsable de publication Julie Ferris
Directrice artistique Lisa Lanzarini
Directeur de publication Simon Beecroft

Traduction de l'anglais (Grande-Bretagne) : Cédric Perdereau
Adaptation graphique : Delphine Fleury

Titres originaux :
LEGO® Star Wars™ A New Hope
LEGO® Star Wars™ The Empire Strikes Back
LEGO® Star Wars™ Return of the Jedi

DK | Penguin Random House

ISBN : 9782374930275
Dépôt légal : mars 2016

Imprimé par L-Rex en Chine.

Pour en savoir plus, rendez-vous sur
www.LEGO.com

LEGO

STAR WARS™

L'ASCENSION DE DARK VADOR

Sommaire

UN NOUVEL ESPOIR

ÉCRIT PAR EMMA GRANGE

Bienvenue sur Tatooine

Voici Luke Skywalker. Il mène une vie paisible dans la ferme de son oncle Owen.

Il rêve de quitter Tatooine, la planète de sable où il vit, pour devenir pilote. Luke l'ignore encore mais dans quelques jours, sa vie va complètement changer…

Oncle Owen

Une galaxie en guerre

Cet homme inquiétant en armure noire s'appelle Dark Vador. Ses soldats, les stormtroopers, font régner la terreur dans tout l'Empire. Pour diriger la galaxie, Dark Vador a fait construire l'Étoile Noire, une arme gigantesque.

Stormtrooper

Elle peut détruire une planète entière d'un seul tir. Qui pourra vaincre l'Empire ?

Étoile Noire

Dark Vador

Les rebelles

Les rebelles sont un groupe de résistants décidés à libérer la galaxie de l'Empire maléfique. Leurs espions ont volé les plans de l'Étoile Noire pour découvrir son point faible.

Ils savent à présent comment la détruire.

La princesse Leia est chargée d'apporter ces plans aux soldats rebelles pour organiser l'attaque contre l'Étoile Noire. Mais Dark Vador intercepte son vaisseau.

Soldat rebelle

Princesse Leia

La prisonnière

La princesse Leia est prisonnière à bord de l'Étoile Noire. Dark Vador l'interroge pour récupérer ses plans et découvrir la cachette de la base des rebelles.

La princesse Leia sera-t-elle assez courageuse pour résister à la torture ?

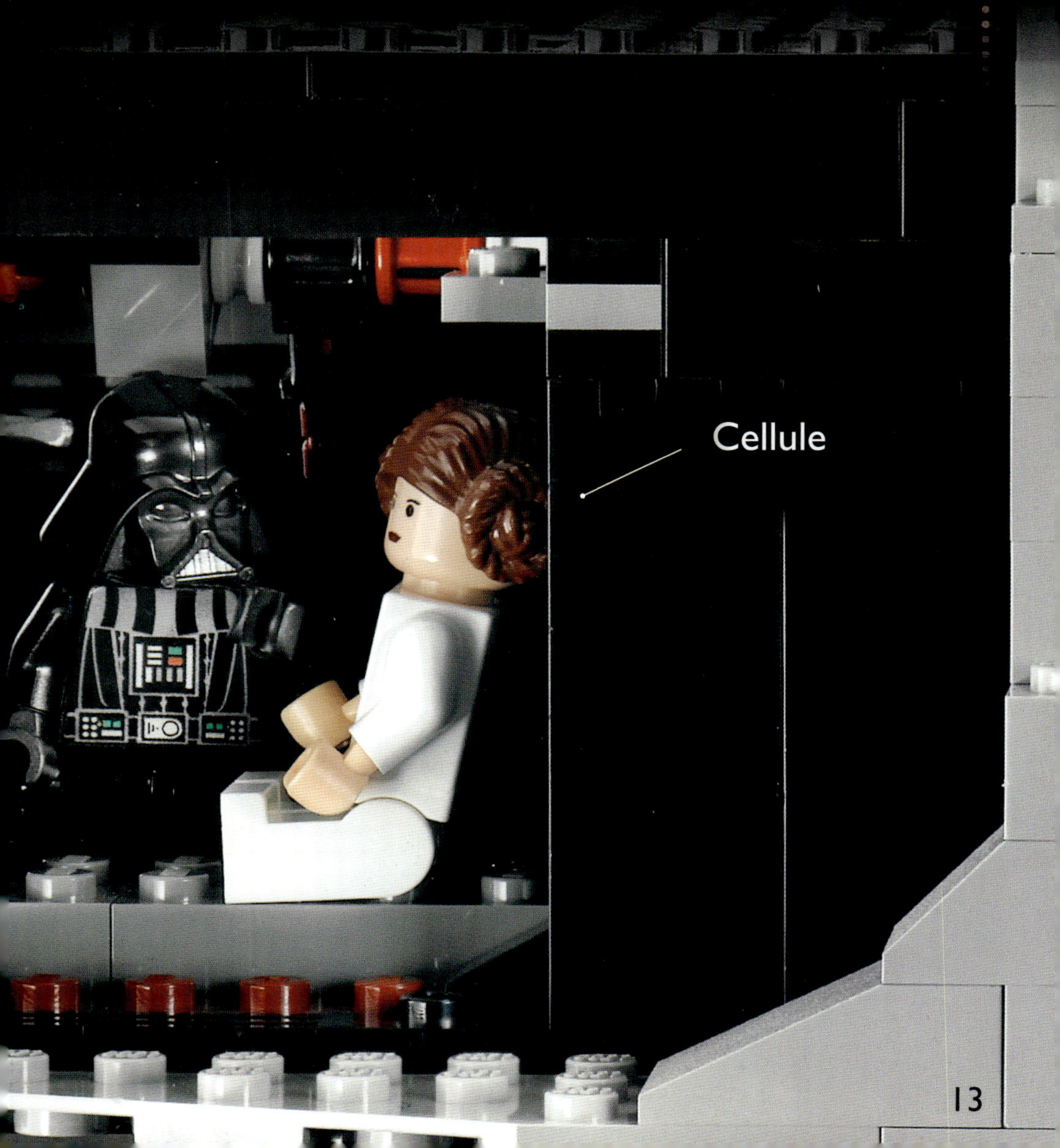

Droïdes à la rescousse !

Avant d'être capturée, la princesse a caché les plans dans son fidèle droïde, R2-D2. Elle l'a envoyé sur Tatooine à la recherche d'un certain Obi-Wan Kenobi, qui saura les aider à combattre l'Empire.

Mais très vite,
R2-D2 et son ami
droïde C-3PO sont
capturés par des
Jawas, des marchands
sans scrupule de Tatooine.

Tout est perdu !

Retour sur Tatooine

Heureusement, Luke Skywalker et son oncle Owen viennent acheter des droïdes aux Jawas.

Rusés, R2-D2 et C-3PO font en sorte que le fermier les choisisse ! Ils espèrent pouvoir repartir bientôt à la recherche d'Obi-Wan.

Jawa

Jedi caché

R2-D2 s'enfuit de la ferme.
Parti à sa recherche,
Luke retrouve une ancienne
connaissance, Ben Kenobi.

Ce dernier possède un secret : il est le célèbre maître Jedi Obi-Wan Kenobi ! R2-D2 lui remet le message de détresse de la princesse Leia. Obi-Wan invite Luke à quitter Tatooine, pour devenir un Jedi et combattre l'Empire.

Han Solo

Nouvelle recrue

Pour aller sauver la princesse, Luke, Obi-Wan, R2-D2 et C-3PO ont besoin d'un vaisseau.

Faucon Millenium

Arrivés en ville, ils rencontrent Han Solo, le pilote du *Faucon Millenium*. Son vaisseau est réputé pour sa rapidité.
Il est idéal pour leur mission !
Obi-Wan lui promet une grande récompense s'il les aide à sauver la princesse.

Sauvetage

Deux stormtroopers approchent de la cellule de la princesse. Mais pas d'inquiétude ! Déguisés, Luke Skywalker et Han Solo viennent la libérer.

Dans leur fuite, ils tombent
dans un compacteur d'ordures.
Heureusement, R2-D2
et C-3PO parviennent
à les sauver.

Ouf, ils ont
eu chaud !

Un grand sacrifice

Obi-Wan Kenobi est un maître Jedi très courageux. Pendant que Luke et Han délivrent la princesse, il se charge de retarder Dark Vador.

Lors d'un terrible duel au sabre laser, Dark Vador parvient à terrasser le vieux maître Jedi. Son sacrifice n'est pas vain : ses amis ont pu s'enfuir.

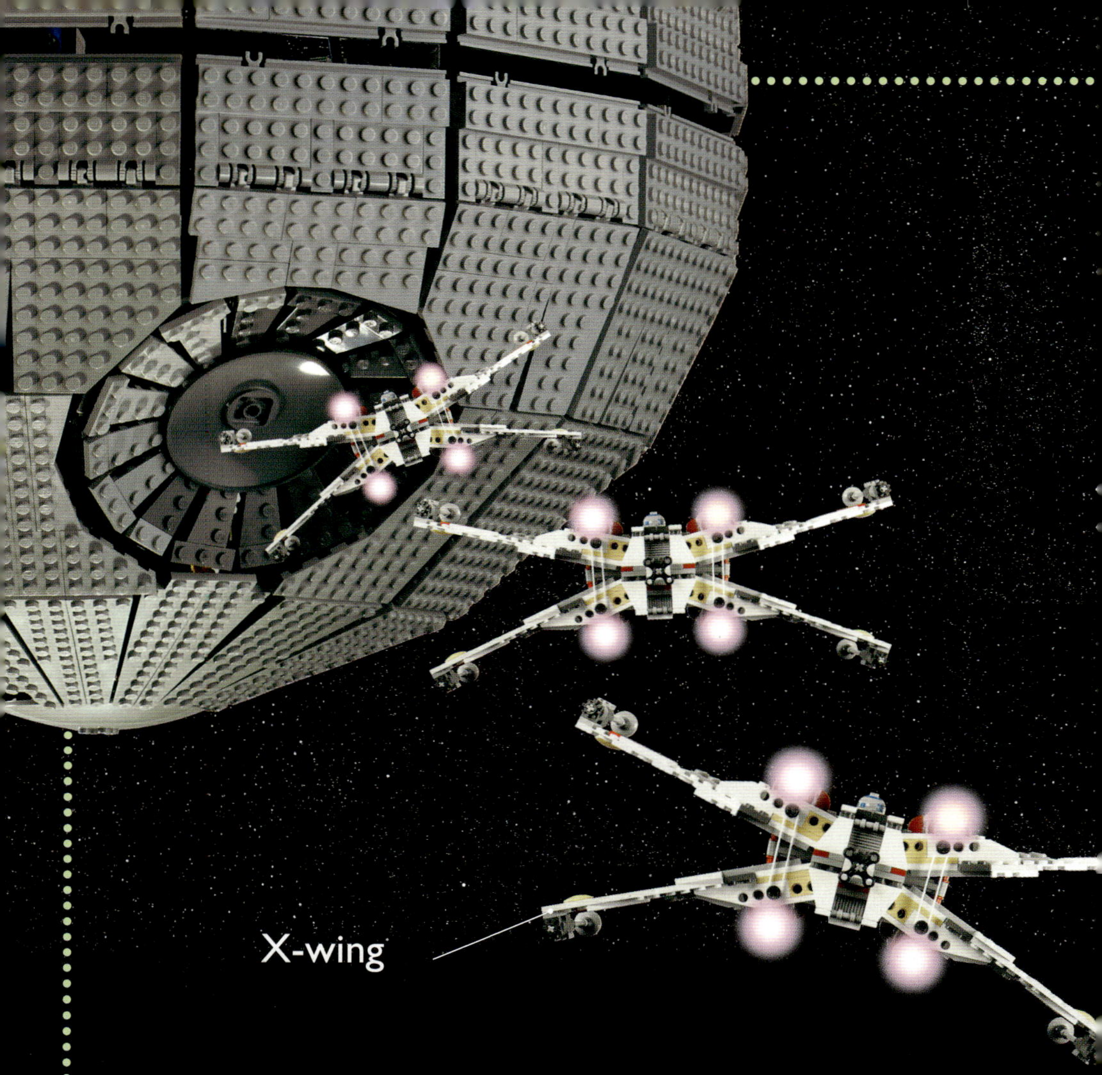

Bataille spatiale

La princesse a remis les plans de l'Étoile Noire aux rebelles. Ils peuvent exécuter leur plan d'attaque.

Leurs X-wings affrontent les chasseurs TIE impériaux dans l'immensité de l'espace autour de l'Étoile Noire.
Luke n'a pas hésité à accomplir son rêve : lui qui voulait devenir pilote, le voilà aux commandes d'un X-wing !

Étoile Noire détruite

Les rebelles ont eu raison
de lui faire confiance,
Luke est un excellent pilote.
Son X-wing évite tous
les chasseurs TIE et approche
de l'Étoile Noire.
Il tire deux torpilles qui touchent
leur cible. Une grande explosion
illumine l'espace : l'Étoile Noire
est détruite !

Bravo, Luke !

Réjouissances

Malgré les épreuves, les rebelles ont remporté la victoire. Ils ont perdu des compagnons mais ont aussi rencontré de nouveaux frères d'armes.

La princesse Leia décore
les deux courageux pilotes.
Mais si l'Étoile Noire est détruite,
la guerre contre l'Empire n'est
pas terminée pour autant…

Quiz

Comment s'appelle la nouvelle arme maléfique de Dark Vador ?

Comment s'appelle ce droïde de protocole ?

Quel est le métier des Jawas ?

Obi-Wan est en réalité un… ?

Comment s'appelle cette arme bien particulière ?

1. L'Étoile Noire 2. C-3PO 3. Marchand 4. Maître Jedi
5. Un sabre laser

LEGO STAR WARS™

L'EMPIRE CONTRE-ATTAQUE™

ÉCRIT PAR EMMA GRANGE

L'Empire maléfique

L'empereur est furieux.
Il contrôle la galaxie, mais un groupe de rebelles lui résistent toujours.
Et sa précieuse arme, l'Étoile Noire, a été détruite.

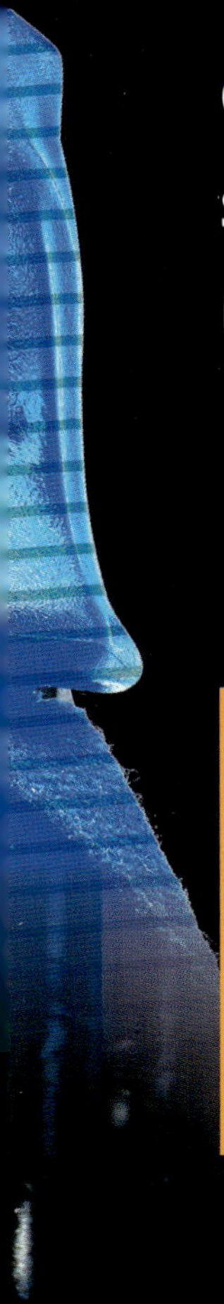

L'empereur est un terrible seigneur Sith appelé Dark Sidious. Dark Vador est son apprenti.

Dark Sidious ordonne à Dark Vador de trouver la base des rebelles et de les éliminer.

Obéissant, il envoie des droïdes sondes fouiller la galaxie à la recherche de leurs ennemis.

Les Sith

Les maléfiques Sith désirent le pouvoir. Il ne peut y avoir que deux Sith à la fois : un maître et son apprenti.

Hoth

Les rebelles

Voici les rebelles. Ils partagent l'envie de détruire l'Empire et de sauver la galaxie. Ils ont trouvé refuge sur une planète très éloignée appelée Hoth.

Han Solo **Luke Skywalker** **Princesse Leia**

Luke Skywalker est un rebelle particulier : son père était un célèbre Jedi. À présent, Luke souhaite également devenir un Jedi.

Luke a beaucoup d'alliés chez les rebelles. Ensemble, ils sont tous préparés à combattre l'Empire.

Skywalker le Jedi
Les Jedi protègent la galaxie contre le mal. Luke est l'un des derniers Jedi.

Base rebelle

La galaxie est remplie de planètes de toutes sortes. Hoth est couverte de glace. Personne n'y vit, ce qui en fait une excellente cachette. Les rebelles ont construit leur base secrète dans la neige.

Ils préparent une nouvelle attaque contre l'Empire.

Ils devraient faire vite, car les droïdes espions de Dark Vador ne sont pas très loin !

Droïde sonde

Ces droïdes espions sont programmés pour chercher des gens ou des objets sans se faire repérer.

Attaque de Wampa

De dangereuses créatures rôdent dans les montagnes glacées de Hoth. Cet animal velu et carnivore, aux cornes et aux griffes dangereuses, s'appelle un Wampa.

Il a capturé Luke et l'a emprisonné dans sa grotte pour le dévorer : les Wampas sont carnivores. Fais attention, Luke !

Heureusement,
Han Solo remarque
l'absence de Luke
et part à sa recherche.

Cuve de bacta

Après avoir été exposé au froid, Luke est soigné dans une cuve de bacta. Elle contient un liquide spécial pour guerrir.

La bataille de Hoth

Rien ne reste secret très longtemps pour l'Empire. Les droïdes sondes de Dark Vador ont déniché les rebelles sur Hoth.

Le seigneur Sith envoie une armée pour détruire la base.

Des TB-TT géants traversent les plaines enneigées et tirent sur les rebelles.
Ils écrasent tout ce qui passe devant eux.

Snowspeeder

Les pilotes rebelles essaient de les abattre avec leurs agiles snowspeeders, mais les véhicules ennemis sont trop solides.

Marcheur TB-TT

Courageux rebelles

Luke a un plan.
Il escalade l'un des TB-TT
pour le détruire de l'intérieur !

Faucon Millenium

Les rebelles se défendent courageusement, mais l'Empire parvient à démolir leur base.

Juste à temps, Han Solo s'enfuit avec la princesse Leia dans son vaisseau, le *Faucon Millenium*, tandis que Luke s'envole dans son X-wing. Où vont-ils ?

X-wing

Apprentissage

Qui est ce drôle de bonhomme vert ? Sur la planète Dagobah, au milieu des marais, Luke rencontre Yoda, le plus grand maître Jedi de tous les temps. Il peut enfin commencer sa formation de Jedi.

Yoda est vieux et petit,
mais il est très sage
et puissant. Il enseigne
à Luke comment contrôler
la Force et résister
au côté obscur.

Les Sith utilisent le côté obscur de la Force pour le mal, mais les Jedi ne l'utilisent que pour faire le bien.

La Force

La Force est une énergie puissante utilisée par les Jedi et les Sith. Yoda s'en sert pour soulever le X-wing de Luke !

Chasseurs de primes

Dark Vador a compris que Luke, devenu un puissant Jedi, est une menace pour l'Empire. Il décide donc de le combattre.

Dengar

IG-88

Ces criminels inquiétants sont des chasseurs de primes. Ils travaillent pour n'importe qui du moment qu'ils sont payés. Dark Vador leur demande de partir à la recherche de Luke et ses amis et de les capturer.

Boba Fett

Ce chasseur de primes s'appelle Boba Fett. On lui a promis une grosse récompense en échange de la capture de Han Solo.

Slave I

Boba Fett pilote *Slave I*,
un puissant vaisseau.
Il parcourt la galaxie pour
retrouver le *Faucon Millenium*
et son capitaine en fuite, Han Solo.

La Cité des Nuages

Han Solo et la princesse Leia trouvent refuge sur la Cité des Nuages. Cette ville flottant dans le ciel est dirigée par Lando Calrissian, un vieil ami de Han Solo.

Lando Calrissian

Lando était autrefois contrebandier. Han peut-il encore lui faire confiance ?

Les rebelles ont raison de se méfier. Lando leur a caché que Boba Fett et Dark Vador sont là pour les capturer.

Piégés !

Les stormtroopers de Dark Vador encerclent les rebelles. On dirait qu'ils n'ont aucune issue !

Révélation

Grâce au pouvoir de la Force, Luke sent que ses amis sont en danger. Lorsqu'il arrive sur la Cité des Nuages, Dark Vador l'attend, bien décider à le combattre. Luke utilise ses nouveaux pouvoirs pour se battre contre le seigneur Sith.

Dark Vador essaye de convaincre Luke de rejoindre le côté obscur. Puis il lui révèle la vérité : « Luke, je suis ton père ! »

Sauvé par ses amis

Que vont devenir les rebelles ?
Boba Fett a capturé Han Solo.
Malgré son courage au combat,
Luke a été blessé par Dark Vador.

Lando Calrissian regrette
de n'avoir pas pu sauver Han.
Il s'enfuit de la Cité des Nuages
avec la princesse. En partant,
ils parviennent à la dernière
minute à sauver Luke Skywalker.

Avenir sombre

Dark Vador rejoint l'empereur, et l'Empire semble plus puissant que jamais. Les rebelles affaiblis ont subi plusieurs défaites.

Luke a été blessé, Han Solo est prisonnier. Loyaux, ses amis partent à sa recherche pour le secourir.

Les rebelles n'ont pas encore perdu tout espoir !

Quiz

Sur quelle planète les rebelles installent leur base secrète ?

Comment s'appelle ce type de droïde ?

Quel est le métier de cet homme?

Comment s'appelle le vaisseau de Boba Fett ?

Qui Luke Skywalker rencontret-il sur la planète Dagobah ?

1. Hoth 2. Un droïde sonde 3. Chasseur de primes 4. Slave I 5. Yoda

LEGO STAR WARS™

LE RETOUR DU JEDI™

ÉCRIT PAR EMMA GRANGE

Mon Mothma

Général Madine

Sauver la galaxie

Voici quelques courageux rebelles. Ils se battent pour libérer la galaxie contrôlée par le maléfique Empire. Très courageux, ils ont déjà livré de nombreuses batailles.

Après leur dernier combat contre l'Empire, les rebelles se sont dispersés aux quatre coins de la galaxie. Mais il est temps de vaincre l'ennemi une fois pour toutes. Leur chef, Mon Mothma, réunit les pilotes de la rébellion pour préparer la prochaine attaque.

Seigneurs Sith

L'Empire est dirigé par Dark Sidious, un sombre seigneur Sith. Son apprenti, Dark Vador, est tout aussi maléfique. Les Sith souhaitent éliminer toute menace pour augmenter leur pouvoir.

L'empereur et son apprenti commandent une vaste armée de gardes royaux rouges et d'effrayants stormtroopers ! Dark Sidious pense qu'il sera simple de vaincre les rebelles. Il a préparé un plan secret pour assurer la victoire de l'Empire…

Stormtroopers

Seconde Étoile Noire

Arme secrète

Cette station sphérique ressemble à l'Étoile Noire, l'arme secrète de l'Empire. Il s'agit, en fait, de la seconde Étoile Noire. La première a été détruite par les rebelles. Mais cette fois, Dark Sidious et Dark Vador n'ont pris aucun risque. Leur nouvelle arme est protégée par un bouclier infranchissable et très solide, ce qui la rend indestructible.

Les rebelles doivent trouver un moyen de désactiver ce bouclier !

Le passé de Vador

Avant de devenir un Sith, Dark Vador s'appelait Anakin Skywalker. Jeune chevalier Jedi, Anakin utilisait la Force pour protéger la galaxie. Mais Dark Sidious l'a fait basculer du côté obscur en lui promettant que cela lui donnerait davantage de pouvoir.

Anakin Skywalker

Chevalier Jedi

Contrairement aux Sith, les Jedi utilisent la Force pour le bien, jamais pour le mal.

Lorsqu'Anakin devient le seigneur Sith Dark Vador, il ignore qu'il a deux enfants. Son fils est le rebelle Luke Skywalker, devenu un chevalier Jedi. Luke et Vador se sont déjà affrontés par le passé. Afin de vaincre les rebelles, Vador doit amener Luke du côté obscur ou le tuer.

Dark Vador est très effrayant. Il possède un passé sombre et secret.

Skywalker et ses amis

Luke Skywalker souhaite vaincre les Sith et libérer la galaxie. Il aimerait aussi sauver son père et le ramener du côté lumineux de la Force. Pour commencer, il doit libérer son ami Han Solo, retenu prisonnier sur la planète Tatoine.

Han a sauvé Luke plusieurs fois. Aujourd'hui, Luke a l'occasion de lui rendre la pareille !
Pour cette mission, Luke est accompagné par les amis de Han : la princesse rebelle Leia, le Wookiee Chewbacca, les droïdes R2-D2 et C-3PO et le vieil ami de Han, Lando Calrissian.

C-3PO

Lando Calrissian

R2-D2

Chewbacca

Congelé

Han a été congelé dans un matériau appelé carbonite pour l'empêcher de s'échapper.

Jabba le Hutt

Cette énorme limace verte est Jabba le Hutt, un seigneur du crime. Jabba a amassé beaucoup de richesses et de pouvoir sur Tatooine grâce au vol et à la contrebande.

Il emploie toutes sortes de criminels qui font le sale travail à sa place. Et gare à eux s'ils ne lui obéissent pas !

Han Solo travaillait pour Jabba, mais il lui devait beaucoup d'argent. Pour se venger, Jabba compte retenir Han prisonnier à jamais.

Dans son palais, Jabba est entouré de nombreux gardes et se croit à l'abri.

Le trésor de Jabba

Jabba collectionne des objets précieux, des épices et de l'argent. Il possède également une vaste collection de droïdes et d'esclaves. Sur l'ordre de Jabba, certains esclaves doivent le distraire : la danseuse Oola ou le musicien Max Rebo et son orgue. Le compagnon préféré de Jabba est une créature carnivore, le rancor. Tous ceux qui l'ennuient sont jetés dans la fosse au rancor.

Le rancor de Jabba vit sous le palais. Lorsque Jabba l'ordonne, une trappe s'ouvre et les gens tombent dans la fosse !

Oola
Orgue
Trappe
Max Rebo

Mission sur Tatooine

Les amis de Han ont préparé un plan pour le délivrer des griffes de Jabba le Hutt : ils envoient R2-D2 et C-3PO porter un message. Jabba accepte les droïdes en cadeau mais refuse de discuter de la libération de Han !

La princesse Leia, déguisée en chasseur de primes, s'infiltre dans le palais pour libérer Han de la carbonite. Surpris par Jabba, Leia devient son esclave.

Palais de Jabba

Han est soulagé d'être libéré de la carbonite. Affaibli par sa captivité, il ne peut pas se battre pour le moment.

Luke vient discuter avec Jabba en face à face. Le criminel se moque des pouvoirs de la Force.
En essayant de tuer Jabba, Luke tombe dans la fosse du rancor !

Chasseurs de primes

Les chasseurs de primes travaillent pour le plus offrant et capturent leur proie en échange d'une grosse récompense.

Dans la fosse du rancor

L'horrible rancor possède des griffes et des crocs énormes et vit sous le palais. Luke transforme un os en une puissante arme grâce au pouvoir de la Force, pour triompher du monstre et le détruire avant de se faire dévorer. Jabba est triste d'avoir perdu son animal de compagnie et doit trouver un autre moyen d'éliminer les visiteurs trop curieux.

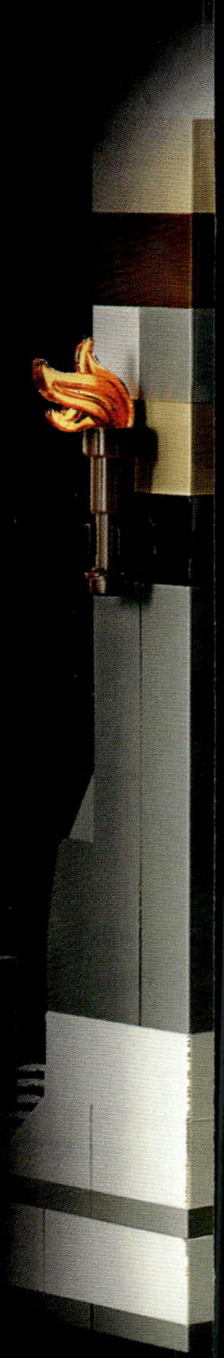

Garde

Échapper au Sarlacc

Dans le désert de Tatooine, Jabba réserve une surprise effrayante pour Luke Skywalker et ses amis. Le Sarlacc affamé est enfoui sous le sable. Vois-tu se dresser ses tentacules et sa bouche ? Jabba compte se régaler avec ses ennemis !

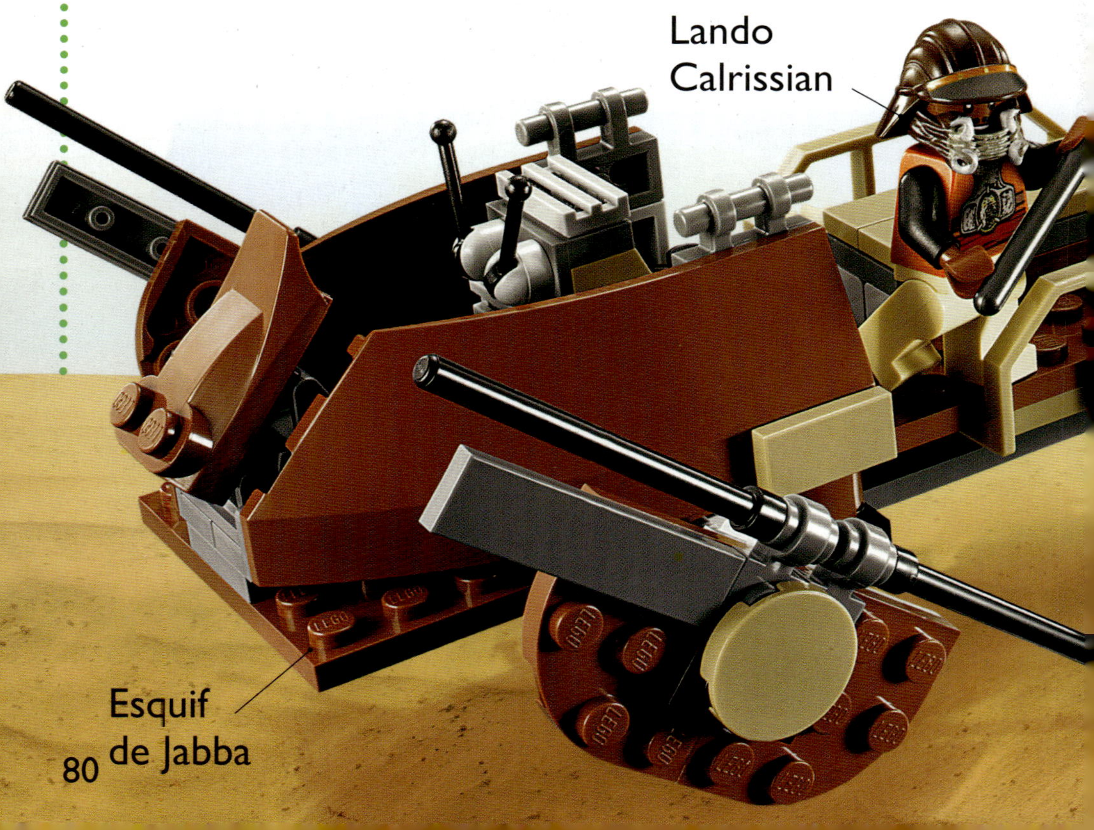

Mais rien ne se passe comme prévu. Luke attaque les gardes avec son sabre laser tandis que Leia s'enfuit. Lando et Han font exploser la barge de Jabba. Le chanceux Sarlacc, lui, dévore plusieurs gardes de Jabba. Délicieux !

Grand maître Jedi

À nouveau réunis, les rebelles sont prêts à affronter l'Empire. Mais, Luke doit terminer son entraînement avec maître Yoda sur la planète marécageuse Dagobah.
Alors, il deviendra un vrai Jedi.

Yoda a plus de 900 ans, il a connu de nombreuses batailles. La Force est puissante en lui, mais il est vieux et fatigué. Il sait que le moment est venu de quitter cette vie pour rejoindre la Force.

Professeur Jedi

Yoda observe Luke Skywalker de loin depuis des années. Il sait que le jeune Jedi est prêt à vaincre les Sith.

Soeur jumelle

Luke est surpris d'apprendre qu'il a une soeur jumelle, son amie rebelle la princesse Leia !

Le dernier Jedi ?

Après la mort de Yoda, Luke reçoit la visite du fantôme de son vieil ami Obi-Wan Kenobi.
C'est lui qui avait proposé à Luke de devenir un Jedi, avant d'être vaincu par Dark Vador.

Obi-Wan lui confirme également que Dark Vador est son père.

Il le met aussi en garde contre Dark Sidious. L'empereur va tenter de l'attirer du côté obscur. La tentation pourrait être forte. Prends garde, Luke !

Attaque rebelle

À bord du croiseur stellaire *Home One*, les rebelles se préparent à détruire la nouvelle Étoile Noire. Mon Mothma confie à Han Solo la mission de démollir le générateur du bouclier qui protège l'arme.

Ce générateur se trouve sur la lune forestière d'Endor, sous la protection des forces impériales. Les rebelles ne doivent pas se faire capturer par les stormtroopers, au risque d'échouer.

Sur Endor

Sur la lune d'Endor,
les rebelles rencontrent
bientôt l'ennemi.
Ils se font surprendre
par des éclaireurs en
patrouille, heureusement
pas très malins.
L'un d'eux percute un arbre
en poursuivant Luke et Leia !
Mais, pendant le combat,
Leia est séparée de ses amis.

Lune forestière

Cette lune verdoyante est couverte de riches forêts. Cette planète paisible tourne en orbite autour d'Endor.

Han et Luke doivent continuer sans elle pour le moment.

Les Ewoks

Tandis que les rebelles s'enfoncent dans la forêt, ils tombent dans un piège des Ewoks ! Ces petites créatures sont d'excellents chasseurs. Les Ewoks ont prévu de manger les rebelles, mais les rebelles ces derniers persuasifs se font libérer et retrouvent Leia.

Chef Ewok

Le chef Chirpa dirige la tribu des Ewoks. Il décide d'aider les rebelles.

Elle devenue l'amie d'un Ewok appelé Wicket. Les Ewoks n'ont pas très envie d'aider les rebelles. S'approcher du générateur de bouclier leur paraît bien trop dangereux.
Mais C-3PO réussit à les convaincre de se joindre aux rebelles et de chasser l'Empire de leur planète.

Générateur de bouclier

Les Ewoks emmènent les rebelles au générateur de bouclier. Pour le désactiver, il faudra faire exploser le bunker et son antenne.

Dark Sidious envoie une armée de stormtroopers encercler les rebelles.

R2-D2 et C-3PO accompagnent les rebelles dans cette mission spéciale. Attention, c'est un piège ! Les stormtroopers de Dark Sidious les encerclent. L'empereur a été informé du plan des rebelles.

Amis droïdes

Le loyal R2-D2 est conçu pour travailler avec les ordinateurs. Il travaillerait plus vite si son ami C-3PO cessait un instant de l'interrompre !

Les astucieux Ewoks utilisent tous les moyens disponibles contre l'Empire.

Bataille d'Endor

Les Ewoks sont attendrissants mais féroces. Lorsque leur planète est menacée, ils font tout leur possible pour aider les rebelles.

Camouflés, ils attaquent avec
des bâtons et des pierres,
et utilisent des catapultes
pour lancer des rochers
contre les stormtroopers.
Bravo, les Ewoks !
L'ennemi est vaincu !

Les droïdes font exploser le générateur de bouclier de l'Étoile Noire. Les rebelles ont presque accompli leur plan.

Sith contre Jedi

Luke affronte Dark Sidious. L'empereur tente de le rallier du côté obscur, mais Luke résiste. Devant son échec, Sidious, fou de rage, déploie de terribles éclairs de Force. Luke n'est pas de taille face à ces obscurs pouvoirs.

Éclair de Force

Dark Sidious utilise la Force pour créer de terribles éclairs capables d'éliminer un ennemi.

Dark Vador est déchiré. Il a tourné le dos aux Jedi depuis des années, mais il ne peut pas rester sans rien faire devant la défaite son fils. Qui va-t-il aider ? Reste-t-il encore une part de bien en Dark Vador ?

Père et fils

Finalement, l'amour de Dark Vador pour son fils dépasse la peur que lui inspire son maître. Au péril de sa vie, il saisit Dark Sidious et le lance dans une colonne de réacteur. L'empereur disparaît dans une terrible explosion.

La dernière volonté de Dark Vador est que Luke lui retire son casque, pour voir son fils de ses propres yeux.

Dark Vador a sauvé Luke et détruit son maître. Ces actions altruistes le libèrent du côté obscur de la Force, mais à quel prix ? Les éclairs de Force de l'empereur lui ont porté une blessure fatale.

Dernier acte

Lando Calrissian mène une attaque aérienne contre l'Empire à bord du vaisseau de Han Solo, le Faucon Millenium. Les pilotes impériaux le poursuivent dans leurs chasseurs TIE, mais ils ne sont pas assez rapides.

Une fois le bouclier détruit, Lando parvient à pénétrer jusqu'au coeur de l'Étoile Noire. Depuis l'intérieur, il provoque ensuite une détonation qui la fait exploser en un millier de fragments. Lando et Luke se mettent à l'abri juste à temps !

Réjouissances galactiques

La menace Sith a disparu !
Sur toutes les planètes, les peuples
fêtent la bonne nouvelle.
Le courage combiné des rebelles,
des droïdes et des petits Ewoks
a permis de sauver la galaxie.

Luke est heureux de retrouver Han et sa soeur Leia. Il sait qu'il n'aurait jamais pu réussir sans eux et sans l'aide des Jedi Obi-Wan Kenobi et Yoda.
La galaxie est à nouveau en paix, mais qui sait quels dangers réservent l'avenir ?

Quiz

Comment s'appelle cette courageuse rebelle ?

Sur quelle planète vit Jabba le Hutt ?

Quelle horrible créature menace les visiteurs du désert de Tatooine ?

Comment s'appelle le véhicule des éclaireurs impérieux sur Endor ?

Comment s'appelle le vieil ami contrebandier de Han Solo ?

1. Mon Mothma 2. Tatooine 3. Le Sarlacc 4. Des motojets
5. Lando Calrissian

Glossaire

Altruiste
Désintéressé ; agir ou penser aux autres avant soi-même.

Apprenti
Élève.

Attirer
Persuader quelqu'un d'aller quelque part ou de faire quelque chose en échange d'une récompense.

Bunker
Bâtiment solide utilisé pour protéger quelque chose.

Camouflé
Déguisé pour ressembler à l'environnement et rester caché.

Carnivore
Créature qui ne mange que de la viande.

Chasseur TIE
Les vaisseaux pilotés par les forces de l'Empire.

Confronter
Combattre ou défier.

Contrebande
Trafic illégal de marchandises pour gagner de l'argent.

Droïde
Robot métallique.

Éclaireur
Soldat envoyé en avant pour explorer le terrain ou repérer l'ennemi.

Empire
Groupe de nations dirigé par un chef, appelé empereur.

Esquif
Véhicule plat et petit.

Galaxie
Groupe de millions d'étoiles et de planètes.

Générateur
Machine qui crée de l'énergie, souvent électrique.

Hologramme
Image en 3D d'un objet ou d'une personne qui n'est pas présent. Sert à communiquer.

Impérial
Qui appartient à l'Empire.

Jedi
Quelqu'un qui utilise la Force pour protéger les gens et la paix.

Menace
Danger.

Piège
Mensonge fait pour attirer un ennemi.

Rebelle
Personne qui veut combattre le pouvoir en place.

Sabre laser
Une arme d'énergie pure utilisée comme une épée.

Sinistre
Effrayant, maléfique.

Sith
Quelqu'un qui utilise la Force pour gagner le pouvoir.

Tentation
Sentiment de désir généré par quelque chose de dangereux mais intéressant.

Terrassé
Totalement vaincu.

X-wing
Les vaisseaux pilotés par les forces rebelles.

Index

Figurines

Luke
Skywalker

Yoda

Princesse
Leia

Obi-Wan
Kenobi

Han Solo

Chewbacca

C-3PO

R2-D2

Dark Sidious

Dark Vador

Lando
Calrissian

Boba Fett